HORDE

Das erste Zeitalter

Queste vor dem Feste

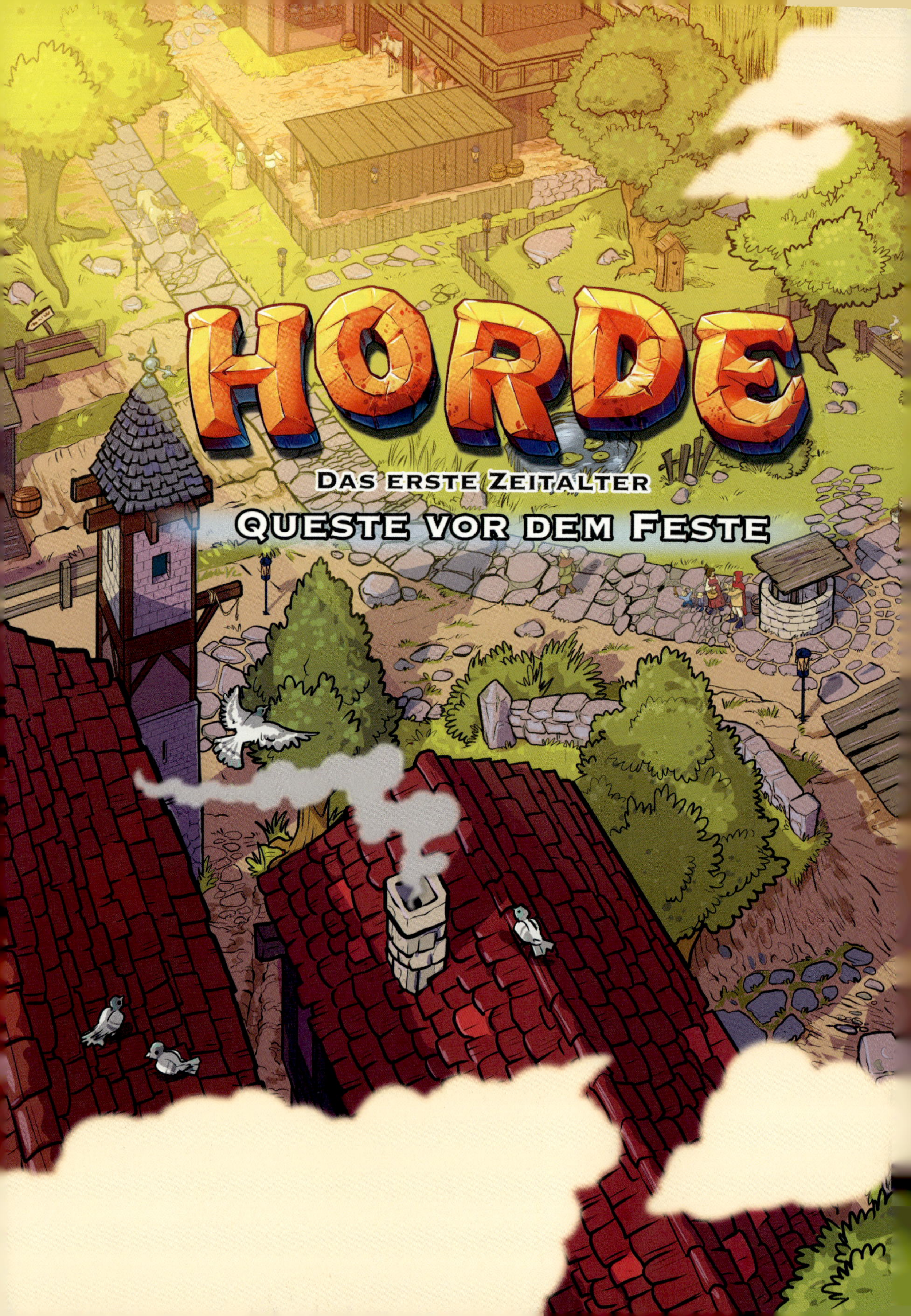
HORDE
DAS ERSTE ZEITALTER
QUESTE VOR DEM FESTE

HILFE!

SCHWER!!!
OKAY, WIR BRAUCHEN NOCH BROT, WEIN, ETWAS FLEISCH, MET ...
WIE VIELE FÄSSER MET HABEN WIR JETZT HIER OBEN?
DAS IST ZU WENIG, HASE! WAS SOLL LANDVOGT TORBRECHT VON UNS DENKEN? ...
KLOPF KLOPF
KLOPF KLOPF KLOPF

IHR HABT NACH EINEM MÄCHTIGEN ZAUBERER GERUFEN?
HA HA!
DU RIECHST WIE EIN KÜBEL KACKE, MEIN FREUND!
WILLIBERT! SNARPH! WAS EIN GLÜCK, DASS IHR HIER SEID!
NA, WENN ALTE FREUNDE UM HILFE BITTEN, SIND WIR IMMER ZUR STELLE.
HOLLA! UND DAS GEHÖRT ALLES EUCH?

MMEN

DAS VERGIBT DER LANDVOGT FÜR HELDENTATEN WIE EURE? WENN ICH DAS FRÜHER GEWUSST HÄTTE, WÄRE ICH DAMALS ...
SNARPH!
UNTERSTEH DICH, SNARPH! HIER WIRD HEUTE NICHTS GEKLAUT. KÜMMERE DICH LIEBER UM DIE EINKAUFSLISTE!
UND AM BESTEN BEZAHLST DU MAL AUSNAHMSWEISE, DENN SONST KÖNNEN WIR UNSERE TAVERNE DIREKT DICHTMACHEN. HASE, BEGLEITEST DU IHN UND SORGST DAFÜR, DASS SNARPH UNS NICHT SCHON VOR DER ERÖFFNUNG IN UNGNADE STÜRZT?
UND DU, WILLIBERT, MACH DICH NÜTZLICH UND VERTEILE DIE KELCHE HIER AUF DEN TISCHEN.
DIESE TISCHE WERDEN DIE SCHÖNSTEN DES GANZEN LANDES SEIN, MYLADY!
ICH FREUE MICH SO, DASS IHR HIER SEID, DAS WIRD EINFACH DIE BESTE ERÖFFNUNGSPARTY! WER HÄTTE GEDACHT, DASS DAS FÜHREN EINER TAVERNE DAS GRÖßTE ABENTEUER UNSERES LEBENS WIRD?
BIS GLEICH, HASE!

HMPF ...
GIB EUCH DIE CHANCE, BRONKO. LYSATRYA IST SO GLÜCKLICH.
WER SAGT, DASS EINE EIGENE TAVERNE NICHT AUCH AUFREGEND SEIN KANN? ...
VIELLEICHT SIND DIE TAGE VOLLER HELDENTATEN VORBEI, UND WIR GENIEßEN UNSEREN RUHESTAND IN EINEM DORF, IN DEM FRIEDEN HERRSCHT ...
HEY! WO IST MEINE PFEIFE?!!

ICH BIN EIGENTLICH GANZ FROH, DASS WIR DIESES HELDENZEUG AUFGEGEBEN HABEN. VOR ALLEM SEIT ICH MEINEN ZAUBERSTAB VERLOREN HABE.
VIELLEICHT GIBT BRONKO JETZT AUCH MAL DAS ZÄHNESAMMELN AUF, DAS WÄRE DOCH SCHÖN, ODER?
UND STELL DIR VOR, ICH KONZENTRIERE MICH JETZT AUF DIE HERSTELLUNG VON BEAUTY-PRODUKTEN!
MÖCHTEST DU MAL DIESES SUMPFSCHNECKENEITERFETT GEGEN TROCKENE OHRLÄPPCHEN AUSPROBIEREN?
ÄH ...
NEIN DANKE.
SICHER? DIE SIND SUPER FÜR DICH, UND DU WEIßT, DASS ICH NICHT LÜGEN KANN.

NEIN, LASS MAL. ABER ICH BIN FROH, DASS DU ETWAS GEFUNDEN HAST, DAS DICH GLÜCKLICH MACHT.
UND DU EBENFALLS. DAS WIRD EINE TOLLE NEUE ZUKUNFT FÜR UNS ALLE.
DU … WEGEN DEINES ZAUBERSTABS …
DEN HAB ICH WÄHREND UNSERES EINZUGS IN EINER KISTE GEFUNDEN.
WER BRAUCHT BEAUTY-PRODUKTE, WENN MAN MAGIE HABEN KANN?!
DU KANNST NACH ALL DER ZEIT NOCH ZAUBERN?
NATÜRLICH! ICH KENNE JEDEN ZAUBERSPRUCH, DEN ES JEMALS GAB. DAS VERLERNT MAN NICHT. DAS IST WIE FAHRRAD-FAHREN!
WAS IST EIN „FAARADFARN"?
SCHAUT NACH OBEN!!!
ICH HAB ANGST!!!
TEUFELEI!!!

WAS IST DAS?
HILFE!
MEINE ELTERN SIND NOCH DA DRAUßEN!
DUNKLE MAGIE!
WIR BRAUCHEN EINEN HELDEN!
WAS IST HIER LOS?
DAS GANZE DORF IST EINGESCHLOSSEN.
HELDENZEIT!
ABER DIE ERÖFFNUNGSFEIER ...
IHR SEID DOCH DIE NEUEN BESITZER DER TAVERNE.
TORBRECHT ÜBERGAB SIE EUCH FÜR EURE HELDENTATEN DAMALS BEI ...
GEGEN MAGIE HILFT NUR EINER MEINER ZAUBER!

HAHAHAHAHAHAHAHAHAHAHAHA HA HAAAA...
DAS WAR ...
... NICHT MEIN PLAN.
BITTE, ...
... IHR MÜSST ETWAS TUN.

OB MAN DAS ANFASSEN KANN?
ICH BIN TIMMY!
BRRZZTZZTZZZ
BRATZZZTAAATZ
HASE, DU KANNST DOCH NICHT ...
SPANNENDE METHODEN FÜR EINEN HELDEN, ABER SCHEINT MIR NICHT VON ERFOLG GEKRÖNT.
...TIMMIIIIIEEEeee...

GIBT ES EINHEIMISCHE MAGIEKUNDIGE, DIE WIR ZU HILFE HOLEN KÖNNTEN?
DIE HEXE VERINA WOHNT DORT VORNE.

VIELLEICHT SOLLTE ICH MIT IHR REDEN.
ICH REGLE DAS SCHON! SO UNTER MAGIERN.
ALLE. ZUSAMMEN!
DU FREUST DICH EIN WENIG ZU SEHR DARÜBER, DASS SICH DIE MENSCHEN, DIE DU LIEBST, IN GEFAHR BEGEBEN, FINDEST DU NICHT? SO WIE DAMALS NACH DEM GROẞEN KAMPF ...
HELDEN!
WER WEIẞ, OB UNS SO EINE ALTE HEXENSCHABRACKE ÜBERHAUPT VON NUTZEN SEIN KANN ...
PFLATSCH
PFLOTSCH
PFLITSCH
HUST! HUST!
OH, SEID GEGRÜẞT! WAS KANN ICH FÜR EUCH TUN?
JA, HEEEE EEEIII ...

WIR BRÄUCHTEN DEINE HILFE ...
OH, IHR WOLLT HILFE, UM DIESEN RÜSSEL LOSZUWERDEN?
ES GEHT EIGENTLICH EHER DARUM.
AH, VERSTEHE. HUKKUS' WERK. KOMMT REIN.
HUKKUS?
SIEGRICHS HOFZAUBERER. DIESE MAGIE TRÄGT SEINE HANDSCHRIFT, ICH KANN ES SPÜREN. SCHON SEIT VIELEN JAHREN FÜRCHTE ICH MICH DAVOR, DASS SIEGRICH UNS ANGREIFT, EIN ERBITTERTER FEIND UNSERES LANDVOGTS TORBRECHT. DESHALB HABE ICH SCHON VOR LANGER ZEIT VORBEREITUNGEN GETROFFEN ...
WOLLT IHR SUPPE?
OOH NÖ. OCH, NÖ. NÖÖÖ. NÖ, NÖ, NÖÖ, NÖ. NÖ.
DIESE SUPPE RIECHT KOMPLETT NACH SCHEIBE.
ÄHM, WIR SIND DIE NEUEN TAVERNENBESITZER ...
HELD'N!
ICH WEIß, ICH HÖRTE ALLES ÜBER EURE TATEN.
NUR HABE ICH SIE LEIDER ...

... VERGESSEN.
UND WAS HÖRTE SO EINE SCHÖNE DAME ÜBER MICH?
DER HAFENMEISTER?
... NEIN?
AH JA! ER HAT DEN DRUIDENSTEIN, MIT DEM IHR AUF DEN FRIEDHOF KOMMT, UND DORT IST DAS REZEPT, DAS ICH BRAUCHE, UM DIESEN KUPPELZAUBER ZU LÖSEN.
DU HAST EINEN SCHUTZZAUBER UM DEN FRIEDHOF GELEGT?
STEHT DA DOCH.
ABER WARUM?
STEHT DAS NICHT DABEI?
Hafen meister
Stein
Durchdringer Schild
Zum Friedhof.
den ich hinzaubere!
Gehet da besser
nicht mehr hinein

ACH, IHR MACHT DAS SCHON! IHR BRAUCHT NUR NOCH DIE RICHTIGE AUSRÜSTUNG! MOMENT ...
HIER!
... DER FRIEDHOF IST GEFÄHRLICH.
ZUMINDEST STEHT HIER IRGENDWAS VON EINER FURCHT EINFLÖßENDEN UND SEHR MÄCHTIGEN KREATUR AUF MEINEM ZETTEL ...
ALSO BRAUCHT IHR ENTSPRECHENDE WAFFEN.
GUCKT NICHT SO! WIR LEBEN SEIT 100 JAHREN IM GROßEN FRIEDEN. ICH HABE LEIDER KEINE ANDEREN WAFFEN, DIE ICH EUCH ZUR VERFÜGUNG STELLEN KANN. ABER FÜR WAHRE HELDEN WIE EUCH SOLLTE DAS KEIN PROBLEM SEIN, ODER?
FÜR DICH HABE ICH NICHTS. UND DU HAST JA SCHON EINEN RÜSSEL ...
OH JA ... UND DER IST MÄCHTIG! HE, HE ...
LOS GEHT'S!

BRINGT MIR DAS REZEPT, DAS ICH AUF DEM FRIEDHOF IM ÄLTESTEN MAUSOLEUM VERSTECKT HABE. DAMIT WIRD ES MIR GELINGEN, DIESEN STARKEN ZAUBER VON HUKKUS, SIEGRICHS HOFMAGIER, ZU BRECHEN.
DAS IST EIN HEILTRANK. ICH HOFFE, DASS IHR IHN NICHT BRAUCHEN WERDET.
DANKE, VERINA.
HIER FÜR DEINE ZETTEL-SAMMLUNG.

KLOPF KLOPF
GUTEN TAG, ICH BIN KUNNIBERT, DER HAFENMEISTER. ALSO WIE KUNI, NUR MIT DOPPEL-N UND GANZ EINFACH MIT EINEM BERT HINTERHER, SO ALS HÄTTE MAN EINEN VOLLBERT, ÄH, BART. NA JA, ICH VERSUCHE JA AUCH SCHON SEIT EWIGKEITEN, MIR EINEN PRÄCHTIGEN BART WACHSEN ZU LASSEN, ABER ES WILL EINFACH NICHT. AUßER DEM BUSCH IN MEINER HOSE, DER WIRD IMMER FETTER. KOMMT GUT AN BEI DEN LADIES, WENN IHR VERSTEHT. AH, VERINA SCHICKT EUCH?

JA, SEHR SCHÖN. ICH HOFFE, IHR GEHT'S GUT? ICH DACHTE SCHON, DASS SIE DEN STEIN EINES TAGES ZURÜCKHABEN WILL. EIGENTLICH EIN WENIG SCHADE, DER WAR EIN SUPER BRIEF-BESCHWERER.
DIE GANZEN UNBEZAHLTEN RECHNUNGEN FLIEGEN SONST EINFACH SO UMHER. SCHON MAL VERSUCHT, PAPIER ZU FANGEN?! DIE HÖLLE, SAG ICH EUCH! DIE KUPPEL IST SELTSAM, NICHT WAHR?
FAST SO WIE 'NE KÄSEGLOCKE, NE? ICH BIN JA EHER DER WURST-TYP. LETZTENS HATTE DIE METZGERIN FRISCHE FLEISCHWURST MIT GESICHT IN DER AUSLAGE! MANN, DIE FAND ICH TOLL! HAB ICH MIR GLEICH MITGENOMMEN, AUCH WENN SIE MIR AN DEM TAG MEHRFACH ETWAS NACHGERUFEN HAT.
SO WAS WIE: „IST NOCH NICHT FERTIG, IST NOCH NICHT FERTIG!", KEINE AHNUNG. NA JA, ETWAS KNORPELIG WAR'S DANN AM ENDE AUCH. HAB TROTZDEM GEFEIERT. HATTE HARTE VERSTOPFUNG DANACH, ABER HAB ICH TROTZDEM GEFEIERT. ALSO DIE WURST, NICHT DIE VERSTOPFUNG. HA HA!
... HILF!!!

HACH, WIR LEBEN IN KOMISCHEN ZEITEN. DER KRIEG NAHT, DER KRIEG! SIEGRICH HAT SEINE ARMEE GESCHICKT. IHR KENNT DOCH SIEGRICH, ODER? ER BEHERRSCHT DAS WÜSTENLAND. WÜSTE WÄRE MIR JA NIX, NE? VIEL ZU HEIß UND TROCKEN, NE? HABT IHR EUCH SCHON MAL IN HEIßEN SAND GESETZT? MAN DENKT IMMER SO: HUI, SO SCHÖN WEICH UND SO. ICH HABE EWIGKEITEN GEBRAUCHT, DEN SAND AUS MEINER HOSE UND MEINEM BUSCH ZU POPELN.
NE, NE, WÜSTE, NE? DAS IST MIR NIX ... NA JA, ZUM GLÜCK HABEN WIR TORBRECHT. GUTER MANN, UNSER LANDVOGT. DER WIRD DEN KRIEG SCHON VERHINDERN. DA HABE ICH VOLLSTE ZUVERSICHT. DER HAT AUCH MAL EINEN JAHRMARKT IM DORFKERN VERHINDERT. ALLE WAREN TRAURIG. ABER ICH WAR GLÜCKLICH. WISST IHR, WAS DAS IMMER FÜR'N LÄRM IST?! WESWEGEN SEID IHR NOCH MAL DA?
ACH JA, DER DRUIDENSTEIN! JA, KANN ICH EUCH GEBEN, HÄTTET IHR JA AUCH MAL GLEICH SAGEN KÖNNEN. DAS NÄCHSTE MAL EINFACH MAL ZUM PUNKT KOMMEN, NE? IHR QUATSCHT EINFACH SO VIEL. BOAH, ICH WÄRE JA FAST EINGESCHLAFEN, WENN ICH EUCH NOCH LÄNGER ZUGEHÖRT HÄTTE.
LUFT!
HA HA! ABER AM ENDE WIRD ALLES GUT, NE? DEN DRUIDENSTEIN ALSO. JA, JA. DEN HAB ICH HIER. WARTET KURZ ...
FLIEHT, IHR NARREN!!!

OH, NA SO WAS. DER STEIN IST WEG.

WAS WAR DAS DENN?!
KEUCH KEUCH KEUCH
ICH WÜRDE LIEBER MIT BLOßEN HÄNDEN IN DIE SCHLACHT ZIEHEN, ALS JEMALS WIEDER BEI DEM TYPEN ZU KLOPFEN!
Friedhof
Gefahr!
Betreten verboten!
HIRN UND OHREN AUA!
GANZ EHRLICH ... WAS HABEN DIE BLOB ALLE MIT IHREN BARRIEREN?!

OB MAN DAS ANFASSEN KANN?
TUT, TUUT ...
BRRR ...
BPRRRRRRZZZ
WOOOSH
ZOOM
BRZZZZZZZZZ
TIMMIIIIIIEEEE...
HASE!!!
ALLE.
ZUSAMMEN.

ICH HOFFE, VERINA HAT NICHT NOCH MEHR VERGESSEN ...
HE, HE, DAS WAR DOCH GANZ EINFACH.
HAB AUCH NUR 'N GANZ KLEIN BISSCHEN PIPI IN DER HOSE!

FALLS DU MICH NACHHER HEILEN MUSST.
ZU RUHIG ...

DAAADADAGOOGAABU BUBUBUUUUUGUUU AAAHH!
GOBLINS MIT BÖGEN?! WO?!
PSCHIIUUUUUUU
KLONG

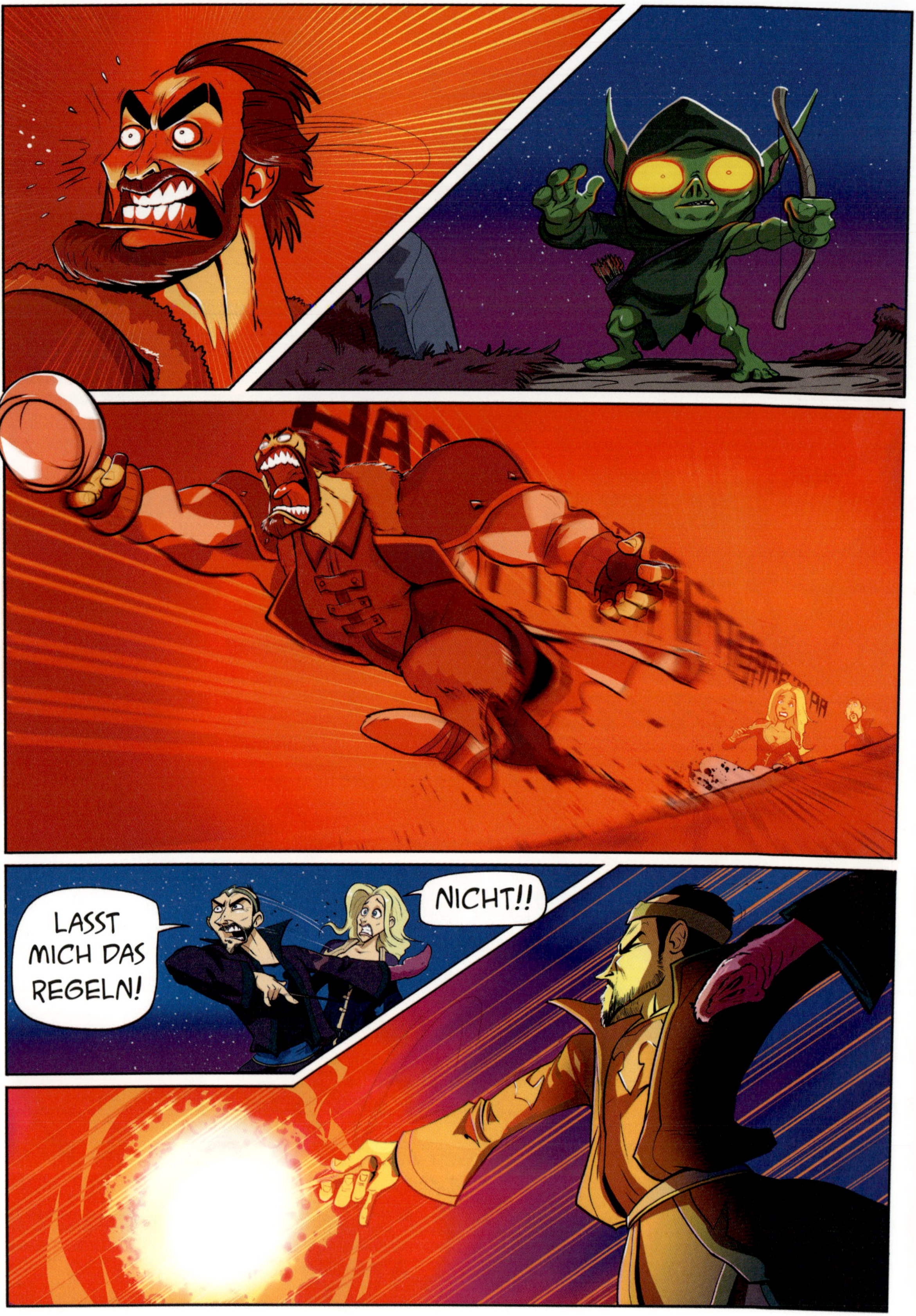
LASST MICH DAS REGELN!
NICHT!!

AAAAAAAAAAAAAA
AAAAAAAAAAAAAAAAAAAAA
WOOSH
AAAAAAAAAAAH
BROMPF

PROFF

PFLOTSCH
KLONK
DANKE.
JEDERZEIT, MEIN FREUND.

KLONG

LASST SIE KOMMEN.

IST JEMAND VERLETZT?
DAS ... KANN NICHT GUT FÜR MEINE HAUT SEIN ...
WIR HABEN WIRKLICH ÜBERLEBT!
HELDEN!
OH, HASE!

AUTSCH.
HAST DU NOCH DEN HEILTRANK?
ACH, WIE SCHÖÖÖÖÖN!

ZART WIE EIN PEGASUSHINTERN ...
VERINA MUSS MIR UNBEDINGT DAS REZEPT GEBEN.
GOLDZÄHNE! FÜR DEINE SAMMLUNG.
BARFUß SOLLTEST DU HIER NICHT HERUMLAUFEN ...
ZRIIP
ICH BRÄUCHTE NOCH EINEN FADEN ZUM NÄHEN.

ZIIIII
P!
DU WIRST FÜR IMMER IN MEINER ERINNERUNG BLEIBEN, MEIN PELZIGER FREUND.

WEITER GEHT'S!
ICH WEIß, MEIN FREUND. DU HATTEST ANGST, EUER LEBEN ALS HELDEN AUFZUGEBEN. ABER JETZT, DA WIR HIER KÄMPFEN UND DU LYSATRYA VERLETZT SIEHST ...
GASTHAUS SCHÖN. GASTHAUS SICHER.

NATÜRLICH HABEN WIR ÜBERLEBT!

WIR HABEN IMMERHIN SCHON WEITAUS SCHLIMMERES ÜBERSTANDEN.

IST ALLES IN ORDNUNG?
ICH BIN ZIEMLICH NUTZLOS, NICHT WAHR?
SAG SO ETWAS NICHT!
FRÜHER WAR ICH SO MÄCHTIG!
UND JETZT VERBRENNEN MEINE FLAMMEN DIE FÜßE MEINES FREUNDES ...
... UND STATT DIE BARRIERE ZU ZERSTÖREN, ZAUBERE ICH MIR EINEN RÜSSELARM!
GANZ ZU SCHWEIGEN VON DAMALS, ALS BEI UNSEREM LETZTEN GEMEINSAMEN ABENTEUER ...
DARÜBER REDEN WIR NIE WIEDER!

DU BIST UNSER FREUND. EINER UNSERER BESTEN FREUNDE.
SONST HÄTTEN WIR DICH NICHT ZUR TAVERNENERÖFFNUNG EINGELADEN.
OH! SIEHT SO AUS, ALS HÄTTE MIR VERINA VORHIN EINE NACHRICHT ZUGESTECKT!
SIE SCHREIBT, DASS ICH AUF DICH AUFPASSEN SOLL.
ICH GLAUBE, SIE MAG DICH ...
WIRKLICH?
DANN FREUE ICH MICH AUF UNSER WIEDERSEHEN!!!

LA LALAAA
Brot
Wein
Fleisch
Met
ICH WEIß, HASE. DAS WAR NICHT EHRLICH.
ABER WILLIBERT IST EIN TOLLER KERL.
ER VERDIENT NUR DAS BESTE.
TAVERNE.
JA, DARÜBER SOLLTEN WIR VERMUTLICH NOCH EINMAL REDEN ...

MANCHE DINGE ÄNDERN SICH, NICHT WAHR?
WIR SOLLTEN DAS HELDENTUM NICHT AUFGEBEN!
WIR. SICHER. ZUHAUSE!
WIE MEINST DU DAS?
ACH, DAS WAR DOCH GAR NICHTS ... UND WIR SIND SCHON MIT VIEL SCHLIMMEREN DINGEN FERTIG-GEWORDEN!

HOFFEN WIR, DASS KEINE WEITEREN ÜBERRASCHUNGEN HIER LAUERN.
SELBST WENN, SCHAFFEN WIR DAS MT LINKS. EIGENTLICH DACHTE ICH, WIR WÄREN SCHON LANGE AUS DER ÜBUNG, ABER WAHRE HELDEN VERLERNEN SO ETWAS WOHL NIE. DAS IST WIE FAHRRADFAHREN.
KNACKS

VERINA MEINTE, DASS WIR INS MAUSOLEUM MÜSSTEN, ODER?
EINSATZ FÜR DEN PROFI-SCHLOSSKNACKER!
ODER IHR LASST ES MICH VERSUCHEN!

OB SIE ES RECHTZEITIG MERKEN?
MENSCHEN ... SO IGNORANT.

WOOSH
PRACK
SKROTSCH
PROTSCH
PLAFF
PROTSCH
LASST SIE KOMMEN!

AUWEIAUWEIAUWEIAUWEI
AUWEIAUWEIAUWEIAUWEI
...

WILLIBERT, DEINE FREUNDE BRAUCHEN DICH! WIR MÜSSEN ALLE INS MAUSOLEUM IN SICHERHEIT! KOMM SCHON! DU KANNST DAS!!! MACH DAS SCHLOSS AUF!!!

GNAAAH!!!
ZOOM
SPLAT
PROFF
SPLOTCH
SPLOT
PRAFF
OH, WILLIBERT, DU VERSAGER ...
WIR SIND ALLE VERLOREN ...

DANKE, WILLIBERT! OHNE DICH WÄREN WIR ALLE TOT.
WILLIBERT! DU BIST EIN WAHRER FREUND UND HELD! WIR SIND ALLE SCHWER BEEINDRUCKT!
KLICK

OKAY, LASST UNS DAS REZEPT FINDEN UND DANN SCHNELL WIEDER ABHAUEN.
PFFFF

TJA, HIER IST NIX.
OOOOOAH ... DISS IS ALLES SO EKLIG HIIIER ...

KEINE RUHE HAT MAN HIER!!!
AAH! TIERE ... RATTE! SPRECHEN!
QUIEK QUIEK

WAAAH!
OH MANN, GANZ EHRLICH! IST DAS NICHT TOTAL EKLIG UND PIETÄTSLOS, LEICHEN ZU ZERFLEDDERN?!
HASE! KONZENTRATION!

LEUTE! DAS IST DOCH AUSSICHTSLOS! WIR WISSEN JA NOCH NICHT MAL, WIE DIESES REZEPT AUSSIEHT! SOLLEN WIR HIER IN JEDEN SARG KLETTERN UND DIE TOTEN SCHÄNDEN, ODER WIE HAT MAN SICH DAS VORGESTELLT?!
HAB'S!
PROFF
JETZT MÜSSEN WIR ES NUR NOCH ZU VERINA BRINGEN, UND DAS DORF IST GERETTET!

WARUM BLEIBT IHR NICHT NOCH EIN WEILCHEN?

FORTSETZUNG FOLGT ...

BRONKO DER BRACHIALE

BERUF: FRISCHGEBACKENER TAVERNENBESITZER
GRÖßE: 2,10 M
LIEBT: ZÄHNE, RÄTSELHEFTE, LYSATRYA
HASST: ANGEBER, ÜBERNATÜRLICHES
MOTTO: »BRONKO«
STÄRKEN: KANN FAST GANZE SÄTZE BILDEN, LANDET BEIM STOLPERN IMMER AUF DEN FÜßEN
SCHWÄCHEN: SCHWITZT SCHNELL

BRONKO DER BRACHIALE WAR EINST EIN GROßER HELD, JETZT SUCHT ER SEIN GLÜCK GEMEINSAM MIT SEINER FRAU LYSATRYA IN DER EIGENEN TAVERNE.

LYSATRYA

BERUF: FRISCHGEBACKENE TAVERNENBESITZERIN
GRÖßE: 1,80 M
LIEBT: ORDNUNG, DRACHENBABYS, HEILKRÄUTER
HASST: BELEIDIGUNGEN, SPINNEN
MOTTO: »SCHUTZ UND HEILUNG SIND WERTVOLLE GESCHENKE«
STÄRKEN: SCHWINDELFREI, VERTRÄGT VIEL ALKOHOL
SCHWÄCHEN: VERTRAUT NEUEN MENSCHEN NICHT

LYSATRYA IST ALS HEILERIN IM GANZEN LAND BEKANNT, ABER NACH ALL DEN JAHREN VOLL GROßER ABENTEUER SEHNT SIE SICH NACH RUHE. DAS GLAUBT SIE ZUMINDEST.

Unter der Kommode nachsehen!

Willibert

BERUF:	ZAUDERER UND ERFINDER VON BEAUTY-PRODUKTEN
GRÖßE:	1,89 M
LIEBT:	KNOCHEN, SEINE FREUNDE, SCHÖNHEIT
HASST:	EINSAME NÄCHTE
MOTTO:	»JEDES LEBEWESEN IST SCHÖN«
STÄRKEN:	KANN ALLES ESSEN, ÜBERAUS CHARISMATISCH
SCHWÄCHEN:	KANN NICHT LÜGEN

WILLIBERT BESITZT EIN EINZIGARTIGES TALENT: ER KENNT JEDEN ZAUBERSPRUCH AUF DER WELT. NUR LEIDER GELINGT IHM KEIN EINZIGER.

Nicht vergessen!

Snarph

BERUF:	SAMMLER
GRÖßE:	1,70 M
LIEBT:	KASTANIENMÄNNCHEN, LOOT, LEICHT ZUGÄNGLICHE TASCHEN
HASST:	GOLDFISCHE, WASSER
MOTTO:	»WENN MAN ETWAS EINSTECKEN KANN, SOLLTE MAN DAS AUCH TUN«
STÄRKEN:	KANN DAS ALPHABET RÜLPSEN, SEHR AUFMERKSAM
SCHWÄCHEN:	SCHLECHTER VERLIERER

SNARPH HAT FÜR JEDE GELEGENHEIT PASSENDEN LOOT IN SEINER TASCHE, UND FÜR SEINE LIEBSTEN MENSCHEN RÜCKT ER IHN AUCH MANCHMAL RAUS. IST MIT BRONKO AUFGEWACHSEN, DAHER VERSTEHEN SIE SICH BLIND.

Eier verquirlen

An was sollte ich nochmal denken?...

Gronkh treibt unter diesem Namen bereits seit 2000 sein Unwesen im Gaming-Bereich. Früher Gamemaster und Programmierer bei diversen MMOs, begann er 2010 mit Lets Plays auf YouTube und 2014 mit Streams auf Twitch. Nach zahlreichen Fernsehauftritten und Auszeichnungen sowie Synchronrollen in Spielen und Kinofilmen zählt er inzwischen zu den Urgesteinen der deutschen Webvideo-Szene. Im Pen-&-Paper-Projekt »H.O.R.D.E« verkörpert er die Rolle von Bronko dem Brachialen.

Pandorya ist seit 2012 auf YouTube aktiv und gehört zu den ersten Frauen, die sich im Gaming-Bereich auf der Plattform durchsetzen konnten. Auf Twitch streamt sie seit 2014, am liebsten Horrorspiele und GTA-Roleplay, aus dem 2022 ihr erster eigener Manga entstand. Neben ihrer Gaming-Leidenschaft ist sie begeisterte Cosplayerin und in diversen Videospielen als Synchronsprecherin vertreten. Im Pen-&-Paper-Projekt »H.O.R.D.E« verkörpert sie die Rolle der Heilerin Lysatrya.

PhunkRoyal gehört zu den Webvideoproduzenten der allerersten Stunde. Bereits 2009 startete der gelernte Theaterschauspieler seinen YouTube-Kanal und ist somit ein Wegbereiter für Let's Plays in Deutschland. Mittlerweile ist er komplett auf Twitch umgestiegen, wo er seit 2011 streamt, als die Plattform noch justin.tv hieß. Besonders seine außergewöhnliche Stimme verzaubert hier seine Zuschauerinnen und Zuschauer. Im Pen-&-Paper-Projekt »H.O.R.D.E« verkörpert er die Rolle des zaudernden Zauberers Willibert.

Marvin Clifford studierte Grafikdesign und ist heute als Comic-Autor und -Illustrator unter anderem von den beliebten Webcomic-Formaten »Shakes & Fidget«, »Lootboy« und »Schisslaweng« bekannt. Letzteres wurde als Printausgabe mit dem renommierten Max-und-Moritz-Publikumspreis ausgezeichnet. Das von ihm mit entwickelte Browsergame zu »Shakes & Fidget« erhielt 2009 den Deutschen Entwicklerpreis für das »beste deutsche Game«. Im Pen-&-Paper-Projekt »H.O.R.D.E« verkörpert er die Rolle des Diebes Snarph und schreibt, illustriert und koloriert die HORDE-Comics.

Liza Grimm studierte Germanistik und war als Fantasy- und Science-Fiction-Lektorin für Verlage tätig, ehe sie sich ganz dem Schreiben widmete. Bereits seit 2010 veröffentlicht sie Fantasyromane und erreichte 2021 erstmals eine Platzierung auf der renommierten SPIEGEL-Bestsellerliste. Auf Twitch streamt sie seit 2020. Im Pen-&-Paper-Projekt »H.O.R.D.E« verkörpert sie die Rolle der Hexe Verina und fungiert außerdem als Spielleiterin und Entwicklerin des Rollenspiel-Plots sowie als Autorin der HORDE-Comics.

Bibliografische Information der Deutschen Nationalbibliothek
Die Deutsche Nationalbibliothek verzeichnet diese Publikation in der Deutschen Nationalbibliografie. Detaillierte bibliografische Daten sind im Internet über http://dnb.de abrufbar.

Für Fragen und Anregungen
info@rivaverlag.de

Originalausgabe
1. Auflage 2022

Türkenstraße 89
80799 München
Tel.: 089 651285-0
Fax: 089 652096

Redaktion: Mirka Uhrmacher
Umschlaggestaltung und Illustration: Marvin Clifford
Script: Liza Grimm, Marvin Clifford
Koloration: Marvin Clifford, Mario Bühling
Autor*innenabbildungen: Gronkh – © eosAndy; Pandorya – © privat; PhunkRoyal – © Julian Guttzeit; Marvin Clifford – © privat; Liza Grimm – © Marie Burghardt
Satz: Achim Münster, Overath
Druck: Florjancic Tisk d.o.o., Slowenien
Printed in the EU

ISBN 978-3-96775-100-0